LA PARTIE DE CÂLIBALLON

D'après un épisode écrit par Kent Redeker
Adapté par Bill Scollon
Illustré par Premise Entertainment

© 2015 Les Publications Modus Vivendi inc. pour l'édition française.
© 2015 Disney Enterprises, Inc. Tous droits réservés.

Publié par Presses Aventure, une division de **Les Publications Modus Vivendi inc.**
55, rue Jean-Talon Ouest, Montréal (Québec) H2R 2W8 CANADA
www.groupemodus.com

Publié pour la première fois en 2015 par Disney Press sous le titre original *The Huggleball Game*.

Éditeur : Marc G. Alain
Traductrice : Karine Blanchard

Dépôt légal — Bibliothèque et Archives nationales du Québec, 2015
Dépôt légal — Bibliothèque et Archives Canada, 2015

ISBN 978-2-89751-144-9

Nous reconnaissons l'aide financière du gouvernement du Canada par l'entremise du Fonds du livre du Canada pour nos activités d'édition.

Gouvernement du Québec — Programme de crédit d'impôt pour l'édition de livres — Gestion SODEC

Imprimé en Chine

Henry est content !
Il va jouer au câliballon.

2

Summer va jouer aussi,
ainsi que tous leurs amis.

Les enfants forment une équipe.
Les parents en forment une autre.

Comment joue-t-on au câliballon ?

On lance le câliballon.

On attrape le câliballon.

On court vers le but.

C'est le moment de choisir les capitaines. Chacun pige une paille.

Henry pige une longue paille.
Summer aussi.
Ils seront tous les deux capitaines
de l'équipe des enfants.

Henry a un plan.
Il faut courir,
courir vite !

Summer aussi a un plan.
Il faut danser jusqu'au but !

Henry est content !
Son plan est le premier.

La partie commence.
Les enfants prennent
le ballon.

Summer attrape le ballon.
Il faut courir, courir vite !

Summer échappe le ballon.

Les parents attrapent le ballon.

Les parents
font un but !

Vient ensuite le plan de Summer.

Summer attrape le ballon.
Elle danse devant les parents.

Summer échappe le ballon.
Papou attrape le ballon.

Papou compte un but !

Les parents mènent la partie.
Les enfants ont besoin d'un
nouveau plan.

Henry a une idée.
Les enfants suivront les
deux plans !

Il y a trois câliballons en jeu.
Les enfants les attrapent
tous.

Les enfants courent et dansent.
Summer atteint le but.

Henry lance les trois ballons.
Summer les attrape.

Les enfants gagnent la partie !

Henry et Summer ont travaillé
ensemble.
Ils forment une bonne équipe!